ana cláudia romano ribeiro

é poeta, desenvolve projetos nos campos da tradução, artes visuais, escrita e performance e é professora na Universidade Federal de São Paulo. Em 2022, fez a curadoria do #poesiaqueer para o site de A Capivara Cultural. Seus últimos livros publicados são *A casa das pessoas* (7Letras, 2023, poemas), *A vida de Deise*, com Deise Abreu Pacheco (Hucitec, 2022, tirinhas), *Sol talvez seja uma palavra*, com o coletivo de poetas Anáguas (7Letras, 2022), e *Ave, semente* (Editacuja, 2021, poemas e desenhos). Está no prelo a *Utopia* (1516) de Thomas More, que ela traduziu, anotou e organizou (Editora da UFPR).

FOTO: GABI PERISSINOTTO & MARCEL DELA VECCHIA

O FRAGMENTO 31 DE SAFO E OUTROS POEMAS

ana cláudia romano ribeiro

editora Urutau
primeira edição
2023

O —

editora Urutau

rua do cajú, 478,
jardim das cerejeiras
06724-015
cotia-sp (brasil)

rua manuel pacheco nobre, 128 - 5º esquerdo
2830-080
barreiro (setúbal)
portugal

[+351] 928053619 [portugal]
[+55] 11 9 4859 2 426 [brasil]

www.editoraurutau.com.br
contato@editoraurutau.com.br

[EDITORA]
debora ribeiro rendelli
[REVISÃO]
juliana palermo
[PROJETO GRÁFICO]
wladimir vaz
[COORDENAÇÃO GRÁFICA]
tiago fabris rendelli
[DIAGRAMAÇÃO]
victor h. azevedo
[CAPA]
victor h. azevedo, sobre pintura de carl agricola

dados internacionais de catalogação na publicação (CIP) de acordo com ISBD

Ribeiro, Ana Cláudia Romano
R484f O fragmento 31 de Safo e outros poemas / Ana Cláudia Romano Ribeiro. - Cotia : Urutau, 2023. 60 p. ; 14cm x 19,5cm.

ISBN: 978-65-5900-545-1

1. Literatura brasileira. 2. Poesia. I. Título.

CDD 869.1
2023-1978 CDU 821.134.3(81)-1

Elaborado por Odilio Hilario Moreira Junior - CRB-8/9949

sumário

PARTE IV: UMA MONTANHA, PATOS, UMA CERCA, UMA GARRAFA

*

*   *

PARTE I: O FRAGMENTO 31 DE SAFO

*

pra Deise

ela me parece não ser pessoa
tudo o que queira divina mente
ouço tua voz mesmo estando longe
som me enfeitiça

quero em teu vestido ser flor, só viço
vibro em teu pescoço, em teu colo liso
basta ver em ti o que vês em mim
fundo-me toda

lábios tremem mãos enrubesço fogo
brilha intenso e corre por sob a pele
é vermelho cada segundo cresce
fome com sede

em suor me inundo e percorro bamba
montes teus e bosques e verdes vales
bebo em teus rios e amanso feras
é o que parece

*

Tradução feita a partir do fragmento 31 da Safo na edição de D. A. Campbell (sem o último verso) e da tradução rítmica de Jean-Antoine de Baïf (séc. XVI).

comparar se pode parece a um deus
o que pode sentar-se face a ti
tão de perto provar o doce da tua voz
teu riso tão bom

coração na boca estremece o peito
mal te vejo e a voz nos pulmões se estanca
a garganta seca e aperta e mesmo assim
em gozo conduz

força perde a língua desmesurada
sutil fogo logo me abrasa toda
entorpece, cega, os sentidos somem
nada mais ouço

um suor gelado por sobre a pele
num frisson me vem fano como o feno
quase morta estou e sem pulso fico
leve(-)me safo

*

pra Deise

ela me parece vir bem de longe
traz amiga voz e redondo riso
tal o róseo mel do licor na mesa
vertemos juntas

são tão lindos esses cavalos todos
dentro desses vasos de plantas nossas
cróton, lírio, bougainville e orquídea
seiva correndo

hora passa noite chegando fora
olho vê cabeça não quer saber e
chega o momento em que lábios tocam
auribrilhante

tudo fica claro e bebo do vinho
domo teus cabelos e monto guarda
para que rebrilhe a aurora logo
já reverdece

*

brilha em pleno dia a jabuticaba
colhe esfera escura escolhe agora
olho dedo boca pressão na língua
tudo alimenta

de longe se avista a amora rosa
que convida e chama com doce apelo
perto se percebe madura e doce
mão age atenta

cai quase flutua a flor amarela
ouro em fundo azul de penugem leve
deitada na grama aguardo a queda
no infinito

ouço apenas asas batendo perto
pio me convoca e procuro logo
mas sem me mover é que encontro o prumo
dentro floresce

sáfica

um trio trina
          ele goza de ouvir falar-lhe
                    a moça   ao lado   de tanto ouvido goza
          e uma terceira goza invisível em perceber

flutuam para fora do palco

estranha empunha de arestas

não vem voz não vem língua
gêmea noite fecha-olhos
tocam-se sem se tocar
percorrem imóveis o trajeto que separa

PARTE II: SIM, SÃO NOSSAS AS HORAS

tempo

deitar-se nos tijolos
sentir o limo úmido nas costas
ouvir insetos
deixar virem e irem embora cachorros e galinhas
olhar a copa das árvores
saber que os abacates estão quase maduros
e que as árvores perdem folhas o tempo todo
amadurecer nos intervalos

notícias da chácara depois que cheguei da lua de mel

cheguei em casa às 9 da manhã, e as galinhas estavam ótimas
só a Griselda fora do galinheiro
limoeiro podado em lua crescente, pitaias rosa-choque
amigas engenhosas empilharam galhos grandes em forquilhas
portas de metal agora oleadas correm sem agarrar
ferrugens resolvidas
plantei na terra a coroa enraizada do abacaxi da pia, vamos ver
os vasos de plástico continuam a ressecar, e o canteiro quebrou
[mais nas beiradas
o fiscal da prefeitura não virá pro habite-se, então ok, a calçada
[vai poder ficar sem calçamento
em compensação, a receita vai me chamar
não sei bem pra quê
abriram umas flores amarelas dentro do coração de boi da
bananeira
tanta coisa acontece em 10 dias
super lua, cachorro amansado, poço cheio

Deise

daqui da minha cozinha
escuto os abacates caírem
como chumbo
no chão
e penso em te escrever
como se não houvesse um sistema de troca de mensagens tão
[moderno
quanto ovo solúvel
escrever a mão
te contar que aqui
vamos todos parados
mas tentamos nos mover por dentro
não guardo a caixa de aveia
pra depois esquecer
e achar graça na mesa assim
com aquele quacker sorrindo ali
que devia estar no armário
você riria algo inquieta eu sei
porque gosta das coisas em seus devidos lugares
e queria te dizer isso
numa carta escrita a mão
um acontecimento
enquanto cai outro abacate

quе faz bem ao coração
e você, meu amor, que tem feito?
como vai teu jardim nessa seca?
lembra da flor roxa? nem precisou adubar
foi remexer a terra e pá
impressionante como o movimento faz florescer

abril

você diz o domingo é nosso
as copas das árvores penetradas de insônia e cansaço aquiescem
manta na grama de casamentos passados
do rés-do-chão se vê mais alto
teu olho no meu olho
sol no rosto, sol nas folhas, sono
alma que nada no tempo
matinhos em flor

eu digo sim, são nossas as horas
talvez venha um pássaro que ninguém nunca viu
na bandeja a delicadeza centenária da toalha
menor que a palma de uma mão
a fumaça do café desenha um continente inexplorado
tua boca na minha, meu ouvido na grama
calor do verde que aquece o sol
sem aviso prévio venta no Tibet

presente

pernas sem varizes
sobem a rua com um pote de leite

pedras céu sombras mar
a moça chega em casa de azul
a porta pesada range e abre

um gato mia e o sol de outono entra na cozinha
pães aguardam na mesa calados
ao lado da jarra fechada que protege o vinho doce
brasas num canto
barriga crescendo em silêncio

* * *

PAUSA PARA CANTAR

anu-preto

Tradução de Blackbird, *de Lennon e McCartney.*

morre a noite, ouve o pio
de uma asa quebrada nasce o voo
vai viver

esperava ainda pelo tempo de ascender

morre a noite, ouve o pio
olho abismo aprende a enxergar
vai viver
esperava ainda pelo tempo de voar

anu vai
anu vai
voa onde brilha a noite tão escura

teu nome

Tradução de Aline, *de Cristophe.*

eu te desenhei na areia
rosto de sereia que tanto desejei
depois choveu, era lua cheia
e você inteira desapareceu

e eu falei, falei teu nome, olhando o mar...
e eu chorei, chorei, não pude mais cantar

restou apenas a sua lembrança
na onda tão mansa e nas noites serenas
eu te procurei sem acreditar
poder encontrar os lábios que beijei

e eu falei, falei teu nome, olhando o mar...
e eu chorei, chorei, não pude mais cantar

vou sempre lembrar o rosto tão lindo
que foi sumindo, sumindo sem par
e eu falei, falei teu nome, olhando o mar...
e eu chorei, chorei, não pude mais cantar

e eu falei, falei teu nome, olhando o mar...
e eu chorei, chorei, não pude mais cantar

*

*   *

PARTE III: A FAMÍLIA

a coisa em família

a coisa ficou trancada na boca das mais velhas
até que as mais velhas morreram
e a coisa começou a esticar, mover-se até
se esgueirar pra
fora

começou assim: a avó soube da coisa
em família de sua família
outra casa

a avó levou a coisa pra casa do genro
pra onde levou sua cama de viúva
suas fotografias, seu armário
e a coisa virou sua casa

manteve a coisa, penteou a coisa, vestiu a coisa
ali a coisa cresceu e passou pra filha
que a alimentou em segredo
passou pra neta
que nunca falou disso
passou pro neto
que jamais mencionou a coisa

passou pra outra neta
que nunca soube de nada

a coisa ficou ali
no silêncio
morou no ar e nas pessoas
entrou pelos orifícios todos
virou medo e medrou outras coisas
agigantou-se discreta
e comeu dentro
todos os peitos

a coisa fez as pessoas
mas ninguém comeu a coisa
nem mastigou nem triturou
coisa nunca em bile vista
coisa em riste mas oculta

a coisa desencaixou tudo
definiu cada membro
quem percebeu não se importou
disfarçou desconcerto
calou a coisa e seguiu

agora a coisa no interior das pessoas
não é mais a coisa
é outra coisa
dentro

quem sabe o que será da coisa?

uma vida

os montes estavam firmados quando ela nasceu

e então foi para casa
no colo de sua mãe sentada ela subiu
quatro andares
sua mãe de camisola comprida gola alta sua mãe
numa cadeira de espaldar alto transportada
escada acima por dois homens preocupados
um
dos chinelos cai

desde cedo muito cedo teve uma certeza
não entender
ebulição passamento asa dura
os porquês plantados em potes

o tempo passou choveu ela saltou
poças e um dia o Atlântico na primeira classe sem querer
nem soube
que a poltrona era reclinável

por vezes dissimulava-se
em peixe-trombeta escapava de címbalos e de ser

cresceu como viveu brotando por todas as partes
disse alguém numa entrevista depois que ela morreu e morreu
com os dentes cinzentos
sentada numa cadeira de espaldar alto
jogando bola leve com duas pessoas sorridentes
          gentis e preocupadas

ela prepara os olhos e as maçãs

faltam alguns minutos para o recital de formatura
ela já desenhou a saia
já desenhou a blusa
arrumou sapato condizente
preparou as pernas e abaixou o cabelo com um produto
gosmento
pende em cada dedo uma palavra
                                        o que se vê na folha
                                                    é um deserto

decorou a peça e o tablado de madeira rangerá
garante a sala mas não sabe da cãibra
está quase na hora e os perfumes invadirão
as salas da solenidade os biscoitos comemorativos
tudo em nuvem de chumbo
            que nunca choverá

um corpo no mundo

justo agora lembrei de você. justo agora que não sei se meus pulmões vão aguentar. justo agora lembrei do seu lento desaparecimento que durou vinte anos. primeiro um seio, depois o outro. orelhas sumiram, pés, unhas das mãos. a cada sumiço, você me contou: vinha uma equipe, te carregava num lençol, você chacoalhando, esbarrava nas quinas, mas não gemia nem tinha voz, virava caule de planta. falência de órgãos de tubos. canais obstruídos. tudo mapeado. os navios, os canhões e as baleias. você voltava, depois morria de novo.

entre um transporte e outro, canta a panela no fogo, paga a conta da luz, vence o boleto na quinta, cozinha cenouras, frango, broto de feijão, passa o ônibus e não para, alimenta a família e ouve pássaros cantando tarde na noite indo para algum lugar.

me conta como é morrer vinte vezes.

na horta

ele era aquele que molhando a horta ao entardecer
ele era aquele que olhando a mãe só via a si
ele era aquele pegando o trem aos onze anos
pela primeira vez sozinho
pela primeira vez calçado
(não cabiam, doíam, eram muitos dedos, eram muitas unhas)
embatucado
suas orelhas imensas anunciavam uma vida visível
ali se construirão edifícios vazios cheios de eco

um não é por vezes um sim e ele foi e deixou crescer
e cresceu e se reproduziu mas antes é claro
aconteceram tantas coisas
foi a bailes apanhou frutas amaciou a língua e preencheu formulários
agora que os dedos dos pés cabem no couro curtido dos animais
finca o pé no lombo

seus ossos eram grandes quando se casou

um sim vai saber se não é um não
ele esteve e nunca esteve nesse tempo
mais fechado que boca de bode era
a alma do homem da alma do homem

que pode ser que sim que não
começou vago foi acelerando e terminou coisas só pontos
          aves ignoradas no ar
corredores túneis tudo isso deságua
no fim de tarde ele molhando as alfaces
a mangueira amarela era ele
subitamente raivoso
subitamente arrancando uma orelha
esguichos a esmo cortando a luz rasgando a própria carne
quem sabe dali sem querer tenha escorrido alguma
presença perdida ao acaso colocada numa veia num órgão num cabelo
cartilagem daquele que passou a vida sem notar
que as cabeças das alfaces já não estavam mais na terra

a velha a fiar

há uma criança morta na bolsa da velha senhora
seu nome está escrito na Bíblia em cima do criado-mudo
a criança no balanço enferrujado escorrega e cai

há um marido morto nos sapatos da velha senhora
o nome dele em todas as fotos na caixa de madeira marchetada
poço escuro num segundo

a velha senhora do fundo de sua poltrona ao lado da janela
observa seus bibelôs de porcelana na cristaleira empoeirada
sol nas ovelhas juntas de bois mulas camelos servos servas filhos filhas

pensa em negociar com o Todo Poderoso
leve um olho, volte a menor
leve um dedo, volte o finado

lá fora o vento leve
leva as folhas e o pregão
                                        da verdura e do afiador

tarde de primavera na casa de cuidados

ele levanta ele senta ele come não fala mais
quase
derrete a frase antes do final
fala pedaços
que se soltam do continente senso cai
o dia
no poço salta uma rã
coragem não há há um corpo que responde
à deriva
volta
todos os dias de longa viagem em terra estrangeira sem ter
partido
reprisa o ido em chiado

o velho invisível

ao nascer lhe foi
          designado lugar
ao lado da prateleira   vista para os pássaros

dali via tudo e não se entendia com seus pulmões
braços pernas tronco e cabeça sentiam fome e sede
ainda não existia verbo

o verbo apareceu num canto
na interseção do pãozinho e do uso da xícara
parecia um sapo

o sapo tomou sol tomou banho
o sapo foi à escola dominical
vestiu roupa e foi esmagado por um pneu
restou do sapo o salto no olho do velho

o velho foi crescendo
involuntariamente e sem espanto
apertou mãos erradas
trocou chaves
ignorou vozes
pagou a mais

e saudou animado quando bastava um aceno

ninguém jamais saberá
se lhe respondiam
ou como encontraram seu corpo

o quarto da boa morte

Ó, Senhor, leve-me. leve-me, por favor, dizia a senhora idosa, cansada de seus doídos dedos nodosos, dos galhos das árvores quando ventava, que rinchavam hinos cantados a muitas vozes. Sua voz já não se distinguia tanto do ranger da madeira, e ela cheirava a cânfora, pó de arroz e guardado. Seus óculos não corrigiam mais aquele cansaço de ver, de ver o que já não era, de ver a neta crescendo, a filha morrendo, o mundo girando. Ela já não preparava seu álcool com folhas de confrei e não se lembrava mais do ponto com que havia bordado miosótis na toalhinha de algodão que ficava na cômoda, ao lado da cama de viúva. Seu joelho esquerdo coçava, e coçando ela percebeu que algo nascia ali. Apalpando parecia um broto. Ela se lembrou do jardim de sua antiga casa. Sim, às vezes despontava um broto num toco quase morto. Podia ser que vingasse, mas aí já era outra vida. Almoçou e, depois de ler um versículo, por alguma razão lembrou-se da bandeja feita com asas de borboletas azuis de sua antiga casa. Deitou-se para dormir. No meio da tarde sua filha a encontrou germinando.

jazigo

em cada osso uma janela
a vista alcança o mar-oceano
em cada osso
confinada
uma moça cisma

em cada osso um quintal
um centro de fazer um lar
mora ali um velho
planta uva
trata, seca

em cada osso um céu aberto
lugar de voos e chuvas
uma menina calcula
pressão no fio, graça
ave voa Maria passa

invocação para o sopro

dentro do mar-caverna
peixe está peixe estará
olhos não veem lírio não há
só névoa de mar
caverna de peixe vem

dentro
do fogo-turmalina boca-tudo entra
boca-consome boca-céu borra gosto
não há só sede só cinza
o que foi não será o que foi já se
engole

mãe-árvore mãe-pai
avó a mãe da avó o pai da avó graveto
seco
úmido mexe seiva
criança
fecha
surge ímpeto voa da tumba cobre

fumaça-flor fumaça-ave
há tempos voa enxerga e cega

cavalo vai cavalo vem
adentra o centro e dorme em calma
afunda

raiz-nuvem espalha e chove
formiga recolhe formiga carrega
pedra transforma
sal terra argila saliva das folhas do céu
levanta

com olho-sol olho-aranha
surgimento enquanto surgimento
pelo enquanto pé
joelho osso-caule osso-caldo
toca a fronde beija a montanha
venta e canta

no pescoço canta na cabeça
canta na planta dos pés
e atravessa o ar e
deita o canto sobre o canto molda mole
planando molda fincando molda
espalha
o centro
das coisas o centro o sustento o
eixo do tronco do inseto-lagoa
semente de ipê reaviva
a memória do que faz
do que fez do sempre-fará

*

* *

PARTE IV: UMA MONTANHA, PATOS, UMA CERCA, UMA GARRAFA

três aforismos

uma montanha, patos, uma cerca, uma garrafa
prometemos segundo nossas operanças, cumprimos segundo
[nossos terremotos

saquinhos sobre a mesa
caixas no chão — atenção
alguém vai jogar fora
inclusive você
sem se aperceber ou de propósito

o amor ao torto em lugar retilíneo
largura com folga causando tropeço
lisura de sola com rasgo na calça
cadeira de braço te passando a perna
prepare-se para constrangimentos que eles virão

*

antes de abrirem-se as cortinas, um lembrete
o anjo nunca deve dizer o nome dela
ela pode tirar a toga do anjo e oferecer-lhe
palavras
mas antes
prepara paninhos pra nunca vazar

o anjo fica, ela ruma para a casca de pão, a asa da galinha
noviça no universo ela apita primaveras e confunde
marimbondos
moribundos
até olhar-se num espelho que repete
anjo o mesmo velho anjo de porta carcomida
ela uma janela

vida corrida, tempo seco, terra difícil de cavar
ela insiste, o anjo insiste, bebe água, tira sangue, marimbondos, [moribundos
até que um dia
olhando de perto, nada cabe
nem anjo
a cabeça do sacho se solta e a terra fica como está
pode haver cacos, parafuso frouxo, prego com ponta para cima
ela abre a porta, ajusta-se à nova singradura e só segue

um esqueleto toca uma escaleta no jardim

alavancas e ruídos preparam a imagem
o branco projeta poeiras nos nossos olhos e impede
joelhos avançam em roldanas de minutos alongados
são andaimes a subir
são andaimes a descer

vê a ilha?
vai durar hora e meia, não mais
aproveite a ilha, minha filha

chegou
    perdendo coisas na estação atropelando-se coqueiro
    nas torções nos trilhos nas quedas
    o tempo do passatempo

mas chegou
no salto de uma pulga na hora e meia cresce um dia
    e mais um dia dentro sem moléstia

    salta o gato cresce um céu
    salta a mula estende um mar
    salta o sargento vem o frade e afunda

volta tudo de novo

a fada é você
a vela é você
o touro é você
e a laranjeira começa na sua boca

aqui as alavancas e os ruídos interrompem a imagem
cessa o atrito das cordas com o arco
nada mais de pé no palco
só pós de breu, o eco quase inaudível do rangido
        dos ossos das madeiras das vozes
e alguma sujeirinha

casa

abrir a janela
são calmas as manhãs
nada além de revoadas de pássaros previsíveis
tronco gemente das árvores secas se ventar
folhas vítreas e cheiro de inseto se chover
talvez permaneçam nuvens
de vez em quando um cão ladra
se calhar, outros latem em resposta

abrir a porta
há abismo e varejeiras e beleza
leviana que conduz ao fétido
cadáver do gambazinho iluminado
pelo sol pelo azul esverdeado do lamê da mosca
enterrar o bicho
começar com o sacho de plantar roseiras e capinar coisas fáceis
terminar com a cavadeira
que prepara bem a cova funda

colher o dia

moto-contínuo

volta no meio da tarde
poucos estão nas calçadas
lusco-fusco
vento e mormaço na rua vazia
você alonga a coluna e sorri
dá uns passos e corre pelo declive até o jardim
recolhe as sementes
junta todas em um saquinho de juta
levará tempo até plantá-las
repetindo um gesto tão antigo quanto o primeiro pé de caju
percebe a necessidade da poda
corta os galhos do limoeiro
da jabuticabeira
observa as plantas que cresceram do nada
nada vem do nada
deixar no chão o imenso
pé de pitaia que despencou do arco alto de dois ipês contíguos
colher as frutas doces
serrar um tronco comido por cupins
limpar o poço
tomar banho
escutar os ossos
quem sabe à noite na rede o corpo

cansado, o radinho
sintonize uma música
em língua desconhecida

cotidiano

aveludada e vermelha, a blusinha
de tripa, a corda da viola da gamba
encerada, a fita dental
que Jonas não encontrou na farmácia
o inexistente vaza no existente
só se supõe no espaço

*

toda caminhada começa com portas e maçanetas
unhas e sapatos

massas de ar implacáveis
determinam se o dia será bom
dia de encontrar uma galinha com treze pintinhos
ou se o dia será ruim
dia de encontrar a galinha de ontem sem seus treze pintinhos

de volta ao quintal o acaso acontece
funambulista na paisagem
um jacu manco salta de galho em galho
a pata quebrada não impede o voo
da primavera que começa

na dúvida da vida

picando caminho

pouco o que há
morte o que fica

quem sabe o nome das coisas?
quem sabe as perguntas?

no muito espelho
a selva alheia

quem mora no nome?
quem liga pra isso?

é tudo verdade
nos tubos de ensaio

e aquilo que vive
ou cega ou finge

dísticos das anáguas

pras Anáguas

de calças, hoje não
gola de padre, elas sempre

sotaque tudo, ervilha não
ovelhas velhas, isso sim

sinos badalando são obséquio
abades foram, abades vêm

se fosse o caso não teria problema
é osso sim, fumaça menos

criança, chuva, acidente de carro
filmes encarecidos, pernilongos

o dedo da moça mexe sozinho
duas semanas, mas não foi nada não

fantasmas voltam, se não forem cozidos
cozer o trapo e se não há cozinha
sentir o senso no salto do sapo

estilhaçando um final

Senhor Ventão marca
cabelo torto
nuca nunca te vi
e por te ver não me vejo a frente

fosse um filme ruim ele teria dito me beija, ele me disse
mas não disse

e então disse

não sei o que disse

uma vez me olhei no espelho e fiquei olhando pra mim, ele lhe disse
senti um medo medonho
outra pessoa me olhava
e então disse
não sei o que disse

e do bolso da camisa tira outro espelho
desdobra-o como um lenço
espelha o espelhado e espera que gire

LUZAZUL
APOSASOPA
LADRAPARDAL

*

Alguns poemas deste livro ou suas versões musicadas foram publicados online: as traduções e derivações do fragmento 31 de Safo estão no meu canal no YouTube, cantadas e inspiradas pelas versões do Leonardo Antunes e do Pecora Loca, na voz do Guilherme Gontijo Flores; "anu preto" e "teu nome" também estão lá; "tempo", "moto contínuo", "cotidiano" e "Deise" foram publicados na *escamandro*; "o velho invisível", "presente", "casa" e "abril" na *ruído manifesto*; "a coisa em família", "o rapaz", "a velha a fiar", "um corpo no mundo" e "jazigo" na *mallarmargens*; "o quarto da boa morte" foi publicado com o título "o quarto da avó" em *A casa das pessoas* (7Letras, 2023). Muitos destes poemas foram lidos pela primeira vez nas reuniões do coletivo Anáguas, composto por Ismar Tirelli Neto, Rodrigo Moretti, Katia Maciel, Consuelo Lins e Livia Flores, meus interlocutores semanais, ou em casa, para a Deise, leitora de todas as minhas horas. Obrigada demais, gente!

■ primeira edição
■ agosto de 2023